Kleine New Yorker Oden

Jim Carroll

Kleine
New Yorker
Oden

Gedichte *amerikanisch/deutsch*
Übertragen von Michael Zöllner

Tropen Verlag

Die Gedichte sind dem Band *Living at the Movies* entnommen. Der Band erschien 1973 bei Grossman Publishers (USA) und Fitzhenry and Whiteside Limited (Canada).

Marc,
I'm beginning to see those sounds
that I never even thought
I would hear.

Marc,
ich beginne die Klänge zu sehen,
die ich nicht einmal zu hören
erwartete.

The Narrows

for Carol Kane

That is the way you are, always given
to silence. so I don't care anymore
about these green leaves in my carpet
about the death of an historical figure
about your voice.

you were thinking about a red curtain
that we might hide behind. I was
thinking about the freedom of your shadow,
last night, when this livid sky unfolded
its vault of a thousand swords and the air
we were breathing seemed our own.

I'm glad that you're able to breathe
I'm glad that you're able to distinguish me
from the lights along the thruway.
I mean don't both of us illuminate
the direction which you are taking?
and don't both weep nervously above
the moist pavement where you move.

I'd like to watch myself holding you
above the cool shore of something really vast
like a vast sea, or ocean.
and when I was through watching
I'd become someone else, seducing the heavy
waters, allowing nothing to change.
as the sands are changing and night comes
and we're not aware of all this endlessness,
which is springing up like The Moonlight Sonata
ascending from the glare of a thousand frightened moans.

Meerengen

für Carol Kane

Das ist wie du bist, immer geneigt
zu schweigen. also scher ich mich nicht mehr
um die grünen Blätter in meinem Teppich
um den Tod einer historischen Größe
um deine Stimme.

du dachtest an einen roten Vorhang
hinter dem wir uns verstecken könnten. ich dachte
an die Freiheit deines Schattens,
letzte Nacht, als der fahle Himmel seine Gewölbe
tausender Schwerter entfaltete und die Luft
die wir atmeten unsere eigene schien.

ich bin froh, daß du atmen kannst
ich bin froh, daß du mich unterscheiden kannst
von den Lichtern entlang der Schnellstraße.
ich meine beleuchten wir nicht beide
die Richtung die du einschlägst?
und weinen wir nicht beide nervös über
dem nassen Asphalt auf dem du fährst.

ich würde mich gerne dich halten sehn
über dem kühlen Ufer von etwas wirklich Weitem
wie ein weiter See, oder Ozean.
und wenn ich mit zusehn fertig wär
würd ich jemand anderes werden, die schweren Wasser
verführend, nichts dürfte sich verändern.
wie der Sand sich verändert und die Nacht kommt
und wir sind uns all dieser Endlosigkeit nicht bewußt,
die aufspringt genau wie die Mondscheinsonate
emporsteigend vom Glanz tausend erschrockener Seufzer.

Poem

We are very much a part of the boredom
of early Spring of planning the days shopping
of riding down Fifth on a bus terrified by easter.

but here we are anyway, surviving like a wet street in August
and keeping our eye on each other as we "do it," well,
you go west on 8th St. and buy something mystical to wear
and I'll simply tuck my hands in my corduroy pockets
and whistle over to Carter's for the poster he promised me.

I like the idea of leaving you for a while
knowing I'll see you again while boring books
W. H. Auden, and movie schedules sustain my isolation
and all the while my mind's leaning on you like my body
would like to lean on you below some statue in Central Park
in the lion house at the Bronx Zoo on a bed in Forest Hills on a bus.

I reach 3rd avenue, its blue traffic, I knew I would sooner
or later and there you are in the wind of Astor Place reading
a book and breathing in the air every few seconds
                                                  you're so consistent.

Isn't the day so confetti-like? pieces of warm flesh tickling
my face on St. Mark's Place and my heart pounding like a negro
                                                                                          youth
while depth is approaching everywhere in the sky and in your touch.

Gedicht

Wir sind ein großer Teil jener Langeweile
der ersten Frühlingstage der Einkaufspläne
der Fahrt die Fünfte runter in einem Bus verschreckt von Ostern.

aber hier sind wir jedenfalls, überleben wie eine nasse Straße im August
und behalten uns gegenseitig im Auge während wir's „tun", nun ja,
du gehst westlich auf der 8. Straße und kaufst etwas mystisches Zubehör
und ich steck einfach die Hände in die Taschen meiner Cordhose
und pfeif rüber zu Carter wegen des Posters, das er mir versprach.

Ich mag die Idee dich für eine Weile zu verlassen
ich sehe dich ja wieder, während langweilige Bücher
W. H. Auden und Kinoprogramme meine Isolation stützen
und die ganze Zeit lehnt meine Erinnerung an dir wie mein Körper
an dir lehnen möchte unter einer Statue im Central Park
im Löwenhaus des Bronx Zoo in einem Bett in Forrest Hills in einem Bus.

Ich komm zur 3. Avenue, ihrem blauen Verkehr, ich wußte ich würde früher
oder später und dort liest du im Wind des Astor Place
ein Buch und atmest alle paar Sekunden in die Luft
du bist so beständig.

Ist der Tag nicht konfetti-klar? Stücke warmen Fleisches kitzeln
mein Gesicht auf dem St. Mark's Place und mein Herz klopft wie ein
schwarzer Junge
während Tiefe einkehrt überall im Himmel und in deinen Berührungen.

Birthday Poem

1.

3 hours into the afternoon of March 9th
and the morning is still lingering like a cloud
reflected onto a building on 53rd St.
where I am.
the streets are much too involved (with what?)
much too wet too (with rain)
though I don't mind the rain
only the wet streets and
Ron Padgett might or might not agree with that,
but we're having breakfast together nonetheless.

2.

Ron Padgett is holding two birthday gifts
which come in the form of two books
one being the works of an Italian poet
whose name I quite honestly don't remember
the other book is some selected works of Zeno
whose thoughts on motion I find very entertaining
though they're not very useful (for me at least)
the person about to receive these gifts
is George Schneeman, who is lucky enough
to be having a birthday today.
it's also lucky for Ron that this is true
because wouldn't it be embarrassing
giving George gifts today
if his birthday were, say, a week ago
or a week ahead.

3.

but everything has worked out fine,
not like the weather
which is as dark as a laundry closet

Geburtstagsgedicht

1.

drei Stunden in den Nachmittag des 9. März
und der Morgen hängt hier noch wie eine Wolke
im Fenster eines Gebäudes auf der 53. Straße
wo ich bin.
die Straßen sind viel zu geschäftig (wovon?)
viel zu naß zudem (vom Regen)
obwohl mir der Regen egal ist
nur nicht die nassen Straßen und
Ron Padgett stimmt oder stimmt dem nicht zu,
aber wir frühstücken zusammen wie dem auch sei.

2.

Ron Padgett trägt zwei Geburtstagsgeschenke
und zwar in Form von zwei Büchern
eins mit den Werken eines italienischen Dichters
an dessen Namen ich mich wirklich nicht erinnere
und das andere mit ausgewählten Schriften von Zenon
dessen Gedanken über Bewegung ich sehr amüsant finde
auch wenn sie nicht viel nützen (mir jedenfalls nicht)
die Person die diese Geschenke gleich bekommt
heißt George Schneeman, der Glück genug hat
heute Geburtstag zu haben.
auch Glück für Ron, daß das stimmt
denn wäre es nicht peinlich
George heute Geschenke zu geben
wenn sein Geburtstag z.B. vor einer Woche
oder in einer Woche sein würde.

3.

aber alles ist gut gegangen,
nicht wie das Wetter
das dunkel ist wie ein Wäscheschrank

in a very "cheap" hotel
"on a day like this I feel like I'm indoors,"
says Ron walking
to the subway of France (?) well
it seems like France
for a time boarding the first car
and watching teenagers giving up
their seats to pregnant women
or those mutilated in the war and
anyone wearing one of those
tiny red pins   (get up Ron)

4.

it's still gray and wet almost pink
as we reach E.14th and shake hands goodbye
like someone else I'm reminded of now
writing this poem.
and I catch the bus to Ted Berrigan's
who never showed up anywhere,
least of all here on E.14th St.
right below Larry Rivers' studio
which is the route my bus is taking.

5.

I hope that George enjoys the gifts
that Ron will give him tonight.
I guess if I saw George now I'd
like to be holding something really valuable
to give him also.
but as things go (on E.2nd St.) all I'm
holding is a 25¢ orange drink
and what would George Schneeman want that for
well I was thinking of something more valuable anyway,
like a Mercedes Benz or a great feeling
like I have right now,
just realizing that someone you know was born today.

in einem echt „billigen“ Hotel
„an so 'nem Tag hab ich das Gefühl ich wär drinnen“,
sagt Ron auf dem Weg
zur U-Bahn von Frankreich (?) nun
es sieht aus wie Frankreich
beim einsteigen in den ersten Wagen
wo Teenager ihre Plätze aufgeben
für schwangere Frauen
oder im Krieg Verstümmelte und
jeder einen von diesen
kleinen roten Ansteckern trägt (aufstehn Ron)

4.

immer noch grau und naß fast pink
als wir die 14. Ost erreichen und uns verabschieden
wie jemand anderes der mir gerade einfällt
während ich dieses Gedicht schreibe.
und ich nehm den Bus zu Ted Berrigan
der nie irgendwo auftaucht,
am wenigsten hier auf der 14. Straße Ost
genau unter Larry Rivers' Studio
das auf dem Weg liegt den der Bus fährt.

5.

ich hoffe George gefallen die Geschenke
die Ron ihm heute abend gibt.
ich glaub wenn ich George jetzt säh, ich würd
gerne etwas wirklich Wertvolles haben
das ich ihm geben könnte.
aber wie das so ist (auf der 2. Ost) alles was ich
habe ist eine 25-Cent-Limonade
und was sollte George Schneeman damit wollen
nun ich dachte sowieso an etwas viel wertvolleres,
wie einen Mercedes Benz oder ein schönes Gefühl
wie ich jetzt eins habe,
als mir klar wird, daß jemand den ich kenn heute geboren wurde.

Seltzer

1.

Here is my room, smiling like a forest
of navels   yet, in secret,
                                        so sad and filthy.

2.

breathe deep enough and we are possessed.
breathe again and we will be gone.

3.

the best thing about today
is the idea of tomorrow.
                                we will go on a picnic.

4.

who can argue with 6000 swallows
flying from a single cloud,
                                    like joy.

5.

when we die we might see the Virgin Mary
sitting before the father, the son, and the Holy Ghost

right now I'll settle for you
with your bra unhooked   (under a tree)
on the Staten Island ferry.

Selters

1.

Hier ist mein Zimmer, grinsend wie ein Wald
aus Nabeln   aber, unter uns,
                                        so traurig und schmutzig.

2.

atme tief genug und wir sind besessen.
atme erneut und wir sind fort.

3.

das Beste an heute
ist die Idee von Morgen.
                              wir werden picknicken.

4.

wer kann mit 6000 Schwalben streiten
auffliegend aus einer einzigen Wolke,
                                        wie Freude.

5.

wenn wir sterben sehen wir vielleicht die Jungfrau Maria
vor dem Vater, dem Sohn und dem Heiligen Geist sitzen

gerade jetzt nehm ich vorlieb mit dir
mit deinem BH enthakt   (unter einem Baum)
auf der Staten-Island-Fähre.

Living at the Movies

for Ted Berrigan

1.

There is a stadium beside my window
                                        filled with winter
and it is afternoon   alight and barrowing my tears
so by day the message arrives   and by night
I am writing.   marvelous joy of "being sure"
pain sweats the hunger upon its teeth   the days
of white miracles break through   sun over the Harlem River
2:23   the fields are gone, moist and trembling.
she plumbs to the purple earth
                                        light rising into her features.

2.

So months of cool flowers close in these arms:
decay with their green obscenity.   denial of everything
in an instant!
            (how strange to be gone)   (to be sure)
like René Magritte devouring an apple
                                                            (or two)
that's my language,   divisions of words I know:
                                                    "love:sky"

3.

It is afternoon   a sailor is crying above the waterfall
so we bend our heads and pretend to be praying   yes,
I have abandoned the starlets and their mothers
                                    and trees are growing on your avenue,
teeth sweating the hungry pain   takes her away in the form
of death or love and
            O to ease the stupidity of my dreams
in the orange wet of loneliness at midnight
                                                where in abandoned towers

Leben im Kino

für Ted Berrigan

1.

Neben meinem Fenster ist ein Stadion
gefüllt mit Winter
und es ist Nachmittag erleuchtet und meine Tränen kutschierend
tagsüber trifft die Nachricht ein und nachts
schreibe ich. fantastische Freude „sicher zu sein"
Schmerz schwitzt den Hunger auf seine Zähne die Tage
weißer Wunder brechen an Sonne über dem Harlem River
2:23 die Felder sind fort, feucht und zitternd.
sie sinkt zur purpurnen Erde
Licht tagt in ihren Zügen.

2.

So enden Monate kalter Blumen in diesen Armen:
Verfall mit ihrer grünen Obszönität. Abkehr von allem
im Augenblick!
(wie seltsam fort zu sein) (sicher zu sein)
wie René Magritte einen Apfel verzehrt
(oder zwei)
das ist meine Sprache, Trennung von Wörtern die ich kenne:
„Liebe:Himmel"

3.

Es ist Nachmittag ein Seemann weint oben am Wasserfall
also neigen wir unsere Häupter und geben vor zu beten ja,
ich habe die Sternchen und ihre Mütter verlassen
und Bäume wachsen auf deiner Avenue,
Zähne den hungrigen Schmerz ausschwitzend führt sie fort in Form
von Tod oder Liebe und
O die Dummheit meiner Träume zu erleichtern
in die orange Nässe der Einsamkeit zu Mitternacht
wo in verlassenen Türmen

a young shepherd is sleeping
(and you know it)

4.

Into a swamp this heart is flying
like Mayakovsky's last breath
        death full of gravity and Frank O'Hara
I have abandoned . . . and I am crying   it is midnight
and she knows it. marvelous joy of miracles breaks through
I lick the sweat upon the hungry pain.
I wonder if she's ever hungry
                        I wonder if she's thinking of pain
it is midnight   she plumbs to the purple day
and O to think of her that way.

5.

Light rising into her features where
into a swamp this poem is flying the
starlets and their mothers are gone
                        they plumb to the earth extinct
so all that's left is she   taken away in the form
                                                of death or love.
the blue day breaks through in miracles.
the miracles are gone.   (how strange to be gone)
like Mayakovsky's last breath.   René Magritte
devouring the earth's plumb   light rising into
our features the dark obscenity and O to think
of her that way   it is morning and she is crying
the trees on her avenue are flying   wet orange loneliness
of her stupid dreams disappearing
                into a swamp where rise these purple days.

ein junger Schafhirt schläft
(und du weißt es)

4.

In einen Sumpf fliegt dieses Herz
wie Majakowskis letzter Atem
    Tod voller Schwere und Frank O'Hara
ich habe verlassen . . . und ich weine   es ist Mitternacht
und sie weiß es. fantastische Freude der Wunder bricht an
ich lecke den Schweiß auf dem hungrigen Schmerz.
ich frage mich ob sie je hungrig ist
                ich frage mich ob sie an Schmerz denkt
es ist Mitternacht   sie sinkt in den purpurnen Tag
und O so von ihr zu denken.

5.

Licht tagt in ihren Zügen wo
es in einen Sumpf fliegt dieses Gedicht die
Sternchen und ihre Mütter sind fort
                    sie sinken erloschen zur Erde
und nur sie bleibt übrig   fortgeführt in Form
                                von Tod oder Liebe.
der blaue Tag bricht an in Wundern.
die Wunder sind fort.   (wie seltsam fort zu sein)
wie Majakowskis letzter Atem.   René Magritte
der Erde Lot verzehrend   Licht tagt in
unseren Zügen die dunkle Obszönität und O so von
ihr zu denken   es ist Morgen und sie weint
die Bäume auf ihrer Avenue fliehen   nasse orange Einsamkeit
ihrer dummen Träume, verschwindend
        in einem Sumpf purpur aufsteigender Tage.

Fragment: Little N.Y. Ode

I sleep on a tar roof

scream my songs
into lazy floods of stars . . .

a white powder paddles through blood and heart

and

the sounds return

pure and easy . . .

this city is on my side

Fragment: Kleine New Yorker Ode

Ich schlaf auf einem Teerdach

schreie meine Lieder
zu den trägen Fluten der Sterne ...

ein weißes Puder paddelt durch Blut und Herz

und

die Klänge antworten

rein und leicht ...

diese Stadt ist auf meiner Seite

Cough Syrup

There's a hockey puck in front of the air on the window sill

I see this contraption as infinity . . .

though it's covered with dust . . .
I want to touch it

but I'll have to wash my hands
because I got leukemia in N.Y. this afternoon

Hustensaft

Ein Hockeypuck liegt vor dem Freien auf der Fensterbank

ich betrachte diese Einrichtung als Unendlichkeit . . .

obwohl er mit Staub bedeckt ist . . .
möchte ich ihn berühren

aber ich muß mir die Hände waschen
weil ich Leukämie bekam in New York, heute nachmittag

One Flight Up

The people upstairs are cold
the girl with the full-sized German shepherd
and the boy who sleeps with her
are rapping against the radiator
with a spoon, it sounds like.

their message must carry down
one more flight to the janitor
whose business this is.

I can hear the steam
already beginning
in the pipe beside me

and soon the pressure will carry it higher
and the entire building will be warmer,
thanks to them, to sleep in.

Ein Stock höher

Den Leuten oben ist kalt
das Mädchen mit dem riesigen Schäferhund
und der Junge der mit ihr schläft
hämmern gegen die Heizung
mit einem Löffel, wahrscheinlich.

die Meldung muß weiter runter
ein Stock tiefer zum Hausmeister
dessen Sache das ist.

ich kann den Dampf
schon hören
in der Röhre neben mir

und bald trägt ihn der Druck höher
und das ganze Gebäude wird wärmer,
dank ihnen, beim schlafen.

How Relaxed

The way a man sits
all day on a manhole cover
contemplating a rubber stamp,

until a volkswagen brushes by
on your arm
and you're left with an idea
of, say, a man washing windows

who would rather be teeing off
somewhere in Rye, N.Y.

green

Wie entspannt

Ein Mann den ganzen Tag
auf einem Kanaldeckel sitzt
und einen Gummistempel fixiert,

bis ein VW vorbeibraust
auf deinem Arm
und du zurückbleibst mit der Idee
von, sagen wir, einem Fensterputzer

der lieber abschlagen würde
irgendwo in Rye, um zwei

Grün

For Ezra Pound

I watched the secret
head of Mussolini
bobbing like a wet balloon
behind a strolling bush
in Vermont's sticky dawn

I made a fist . . . but dig:

a healthy cricket sat
and noticed this too
and he immediately ex-
pelled a harmless goo

over the thought

of Mussolini (I swear)
running from me
to avoid getting snagged
and punished for his million atrocities.

Für Ezra Pound

Ich sah den geheimen
Kopf von Mussolini
in Vermonts stickigem Nebel
hinter einem streunenden Busch
baumeln wie einen nassen Ballon

Ich ballte die Faust . . . aber paß auf:

eine gesunde Grille saß
und sah dem zu
und auf der Stelle ent-
sprang ihm ein sanftes Buh

                    bei dem Gedanken

an Mussolini   (ich schwör's)
auf der Flucht vor mir
um nicht geschnappt zu werden
und bestraft für seine millionen Greueltaten.

Poem on My Son's Birthday

At dawn
on the window sill
it's watery trees it's light
it's just hanging there waiting

poetry

I want to walk you can come or
you can sleep or
you can dream of walking someplace better

and that still means we're not together

except today
one more day (you were born)

It's a communion
you can hardly see
a kind of reunion just a little one

you and me.

Gedicht zum Geburtstag meines Sohnes

Morgens
auf der Fensterbank
die wäßrigen Bäume das Licht
hängen dort und warten

Poesie

Ich geh spazieren   du kannst mitgehn oder
du kannst schlafen oder
du kannst davon träumen an einen besseren Ort zu gehn

und das heißt noch immer nicht zusammen sein

    außer an diesem Tag
    wieder ein Tag   (deiner Geburt)

Eine Kommunion
du siehst es schwerlich
eine Art Reunion   nur eine kleine

du und ich.

Gliding

Devereaux wakes this morning with a dream of mountains
wind child with perfect breasts
glides lightly
in sheer robes white teeth
her warm pets her
wisdom plants
I just have to move on
in floppy hats
70 m.p.h.
cruising turnpikes for
sun bubbles . . .
pop open in mist
amazing grace
up from cracked pavements
more
young girls in empty blouses
("You see through . . ." they
squat against fire
hydrants
with cupped hands inventing
secrets that
later you can't deny
I watch
little Jupiters whiz around my fingers
the space available to me
from the place I sit
to the place I dream

Gleiten

Devereaux erwacht am Morgen in einem Traum von Bergen
die Tochter der Lüfte mit perfekten Brüsten
gleitet leicht
in dünner Robe weiße Zähne
ihre warmen Lieblinge ihre
Weisheitsblumen
ich muß bloß weiterfahren
in flapsigen Mützen
110 km/h
Autobahnen abgrasen nach
Sonnenblasen ...
platzen auf im Nebel
unglaubliche Grazie
hoch von geborstenen Gehsteigen
mehr
junge Mädchen in leeren Blusen
(„Du kannst durchsehn ...“ sie
hocken auf Feuer
hydranten
mit gewölbten Händen erfinden sie
Geheimnisse die
später nicht zu leugnen sind
ich beobachte
kleine Jupitermonde um meine Finger zischen
der Raum über den ich verfüge
von dem Platz an dem ich sitze
bis zu dem Platz von dem ich träume

Growing Up

for George Schneeman

we got lucky not too long ago
you showed up &
we improved
& we improved you too & that's true
but not too much
you've got the silver
and we've got the change
which proves something you tell us
that bodies have some interest
like feathers & trees and air too
and we agree with this
we think it's true
& we know you and we are better for it
so ante up George
the tension is incredible,
                                        mounting

written with Ted Berrigan & Bill Berkson

Groß werden

für George Schneeman

wir hatten Glück nicht allzulange her
du tauchtest auf &
wir verbesserten uns
& wir verbesserten auch dich & das stimmt
aber nicht zu sehr
du hast das Silber
und wir haben die Groschen
was schon was heißt du sagst uns
daß Körper einen Wert haben
wie Federn & Bäume und Luft auch
und wir stimmen dem zu
wir glauben's sofort
& wir kennen dich und das kommt uns zustatten
los dein Einsatz George
die Spannung ist unglaublich,
gestiegen

geschrieben mit Ted Berrigan & Bill Berkson

Cold Faces

1.

you breathe
through your mouth

saturate all things
on this resort beach

2.

the lightning moves closer
up the stairway
I watch the storm

Kalte Blicke

1.

du atmest
durch deinen Mund

sättigst alle Dinge
an diesem Badestrand

2.

die Blitze kommen näher
die Treppe rauf
beobachte ich den Sturm

To the Secret Poets of Kansas

Just because I can't understand you
it doesn't mean I hate you . . . like
when you go on continuously how you
cannot tolerate skyscrapers or cabdrivers

maniac faces on Fifth, well

it means nothing to me I
just ignore as so often
or shift gears and read Pope or some
boring Russian lunatic . . . you can't deny future

or simply fade.

and if you don't feel like running across streets here
you simply get run over and that means pain and boredom . . .
now isn't it amazing how you bring out logic in my poems.

I see nothing in a tree but lazy shade and nature
and that's not special, that's science

and all this concrete and steel and noise,
well, they've divided the simplest air to poems
some mornings, and we can't always rely on "Beauty" or gods

you must learn

but so often on our losses . . . and our tears.

An die heimlichen Dichter von Kansas

Nur weil ich euch nicht verstehen kann
heißt das nicht ich hasse euch ... wie
wenn ihr ständig davon anfangt, daß ihr
Wolkenkratzer und Taxifahrer nicht ertragt

rasende Gesichter auf der Fünften, nun

mir bedeutet es nichts ich
ignorier's wie so oft schon
oder wechsel den Gang und les Pope oder einen
lahmen russischen Lunatiker ... man kann die Zukunft nicht leugnen

oder einfach verschwinden.

und wenn euch nicht danach ist hier über die Straße zu fahren
heißt das, daß ihr überfahren werdet und das bedeutet Schmerz und
Langeweile ...
na ist es nicht erstaunlich wie ihr Logik in meine Gedichte bringt.

ich sehe nichts in einem Baum als trägen Schatten und Natur
und das ist nichts Besondres, das ist bewiesen

und all der Beton und Stahl und Lärm,
nun, haben die banalste Luft in Verse geteilt
eines Morgens, und wir können nicht immer auf das „Schöne" oder Götter
bauen

man muß lernen

aber so oft unter Verlust ... und unter Tränen.

Jet Fizzle

It was summer then
and the forests were legal

the farmers there
use marble eggs as decoys

when those Hawks dive
they reach speeds up to 200 m.p.h.

disappointed

at egg

a switchman
a red lantern
in Grand Central Station

a jar of honey
in the plain brown bag

I thought
that it was pretty
weird

when he poured it in

God the fathers beard

Jet Fiasko

Es war Sommer dann
und die Wälder waren legal

die Farmer dort
nehmen Marmoreier als Köder

wenn diese Falken abtauchen
erreichen sie bis zu 300 km/h

enttäuscht

am Ei

ein Weichensteller
eine rote Laterne
in der Grand Central Station

ein Topf voll Honig
in der braunen Papiertüte

ich glaub
das war schon ganz schön
hart

als er's dann goß in

Gottesvaters Bart

Sure . . .

I got
a syringe

I use it
to baste
my tiny turkey

Klar . . .

Ich hab
eine Spritze

Ich nehm sie
zum streicheln
meines kleinen Katers

Little Ode on St. Anne's Day

You're growing up
and rain sort of remains
on the branches of a tree
that will someday rule the earth.

and that's good
that there's rain
it clears the month
of your sorry rainbow expressions

and clears the streets
of the silent armies . . .

so we can dance

Kleine Ode zu St. Anna

Du wächst heran
und vom Regen bleibt ein Rest
auf den Ästen eines Baumes
der eines Tages die Welt regiert.

und das ist gut,
daß es regnet
es lichtet den Monat
deiner trüben Regenbogentöne

und lichtet die Straßen
der stummen Heere . . .

und wir können tanzen

Silver Mirrors

A horse moves
this weekend
into our living room

he says, "Oh, quickly
form a ring around me
as to prevent the merciless
insane hounds from attacking
my weakened legs in attempt
to drag me back to the icy
palace in the wintry regions."

"Then you are the one they sent?"

"yes"

"Very clever, did you bring it?"

"yes"

Silberspiegel

Ein Pferd marschiert
dieses Wochenende
in unser Wohnzimmer

er sagt, „Oh, schnell
nehmt mich in eure Mitte
und haltet die erbarmungslosen
irrsinnigen Hunde davon ab meine
müden Beine zu schnappen um
mich zurückzuschleifen zum Eis-
palast des winterlichen Reichs“.

„Dann bist du der, den sie sandten?“

„ja“

„Wie gescheit, hast du’s dabei?“

„ja“

Dog Crunch

The foot of
a dog
formed and crunched
a lake

as my ear
falls now

Hundeschmatzer

Die Pfote eines
Hundes
formt und schmatzt
einen See

als mein Ohr
darauf trifft

Love Poem (Later)

for Rise

The little bonus
of my hand on your breast
makes a bus seem so useful
when some rain begins to open.

then cloud waves cracked sun shafts
when the sky began to whistle
and I was thinking about it all night
just watching it move from my eye to my hand.

it's not very meaningless
the changes one makes lying down
it's almost the way a mountain feels
when it becomes a star

Liebesgedicht (später)

für Rise

Der kleine Bonus
meiner Hand auf deiner Brust
läßt einen Bus so sinnvoll erscheinen
sobald es anfängt zu regnen.

ein Wolkenmeer brach Sonnenstrahlen
als der Himmel zu summen begann
und ich lag die ganze Nacht wach, um es
von meinem Auge zu meiner Hand ziehen zu sehn.

es ist nicht so sinnlos
was geschieht wenn man schlafen geht
es ist fast wie ein Berg sich fühlen muß
wenn er ein Stern wird

Mercury Clouds

The waves pumping at you

like mercury clouds

just a section of the universe showing off

closer than you imagine
sea birds are planning

to divide a revolution

closer than that a mother
feeding her baby

(bright plaid beach chairs)

milk from the earth

my body stands over.

Merkurwolken

Die Wellen pumpen auf dich

wie Merkurwolken

bloß eine Abteilung des Universums die sich aufspielt

näher als du dir vorstellst
planen Seevögel

eine Revolution zu teilen

näher als das eine Mutter
stillt ihr Kind

(grell karierte Badekörbe)

Milch von der Erde

die mein Körper überragt.

Love Poem

for Cassy

I see myself, sad now, as in a mirror
appearing before us sad now as in a movie that lies.

I am sick of N.Y.C. but I hate
adobe huts and sad communes
with naked girls carrying hunting knives
nailed to their sides 10,000 ft. above Manhattan.

so I walk
down gloomy Park Ave South early morning
in my head one more time
with its dawn churches
with their stained glass dripping
like your eyes I see
before me in a mirror
waking slowly in daylight.

Liebesgedicht

für Cassy

Ich seh mich selbst, traurig gerade, wie in einem Spiegel
der vor uns auftaucht traurig gerade wie in einem Film der lügt.

ich hab New York satt, aber ich hasse
Lehmhütten und traurige Kommunen
mit nackten Frauen die Jagdmesser tragen
festgenagelt an ihrer Seite 10.000 Fuß über Manhattan.

also geh ich
entlang der trüben Park Avenue South, früher Morgen
vor Augen einmal mehr
in seinem Beginn Kirchen
mit ihrem bunten Glas tropfend
wie deine Augen, die ich seh
vor mir wie in einem Spiegel
langsam im Tageslicht erwachend.

Poem

Yesterday you past
into your lips . . . your hips
and your breasts
a poor unconsummated memory

we spent sick days
was tragic sometimes
sometimes was silly

but sometimes it was on a sweet log
on a long walk after dinner
in your windy warm energy jeans

fingers touching.

Gedicht

Gestern trugst du
in deinen Lippen ... deinen Hüften
und deinen Brüsten
eine arme unvollzogene Erinnerung

wir verbrachten kranke Tage
war tragisch manchmal
manchmal nur dumm

aber manchmal war's auf einem süßen Stamm
auf dem langen Weg nach dem Essen
in deinen windig warmen Energie-Jeans

Finger tastend.

The Birth and Death of the Sun

Now the trees tempt
the young girl below them

each moves off the other's wind
endlessly, as stars from the earth,

stars from the stars.

Geburt und Tod der Sonne

Nun locken die Bäume
das junge Mädchen unter ihnen

jeder bewegt sich im Wind des anderen
endlos, wie Sterne von der Erde,

Sterne von den Sternen.

Chelsea May

A pair of frozen dice come
tumble through picture windows
the sun slips out and
she is standing at the gate
with all her possibilities

I conceal so much
moving in and out poetry
I could have simply left a note
tell you how I hate
getting up each morning and
drink coffee, feel unslightly sick and . . .

What Coleridge couldn't admit, well,
DeQuincey, he cashed in on it.

do you see,
Chelsea May?

it's just a feeling I have at times
I want to live until I want to die
and I don't want their cures
no matter what I say
my mind is shot into storms
and she's leaning on the gate etc. . . .

Chelsea May

Ein Paar vereister Würfel kommt
taumelnd durch Panoramafenster
die Sonne schlüpft heraus und
sie steht am Gartentor
mit all ihren Möglichkeiten

Ich verberge so tief
Ein- und Auszug in Poesie
mir hätte auch eine Notiz genügt
dir zu sagen wie ich es hasse
jeden Morgen aufzustehn und
Kaffee zu trinken, sich unwenig krank zu fühlen und ...

Was Coleridge nicht zugeben konnte, nun,
DeQuincey, er hat's einkassiert.

siehst du,
Chelsea May?

es ist bloß ein Gefühl das ich manchmal hab
ich will leben bis ich selber nicht mehr mag
und ich brauch nicht ihre Kuren
egal wie ich es auch sag
mein Verstand schießt in den Sturm
und sie lehnt am Gartentor etc. ...

Savage Bubbles

for Carol Kane

You shift
into lonely music
trail fading emeralds and cocaine leopards

* * *

I snag you raw
at snake games in white rooms
smashed windows
like babies afraid of colors

* * *

These leopards are animal proud
sexy quick   astral masters
of jungle nights, frozen
dramas in the camera's eye,
blink . . . ocean rush . . . dawn rests on us
the pads of your eyes

* * *

Sleep
to sleep
to sleep inside insect ballets
to sleep in landscapes
on painted doors, icy windows

* * *

Great morning of Plan Zoo
we gather to break bars
crush cages, dawn streaked
like the mandrill's stare, we free
eaters of meat to the city plazas

* * *

Wilde Blasen

für Carol Kane

Du wechselst
zu einsamer Musik
Spur verklingender Smaragde und Kokainleoparden

* * *

Ich schnapp dich roh
bei Schlangenspielen in weißen Räumen
eingeworfene Fenster
wie Babys Angst vor Farbe

* * *

Diese Leoparden sind Tiere stolz
sexy schnell   astrale Gebieter
der Dschungelnächte, gefrorene
Dramen im Auge der Kamera,
Blink . . .Ozeansturm . . . Dämmer ruht auf uns
die Polster deiner Augen

* * *

Schlafen
zu schlafen
zu schlafen inmitten Insektenballetts
zu schlafen in Landschaften
auf gestrichenen Türen, eisigen Fenstern

* * *

Großer Morgen des Plan Zoo
wir treffen uns die Gitter zu sprengen
Käfige zu knacken, Dämmer streift
wie des Mandarills Starren, wir befrein
Fleischfresser zu den Plätzen der Stadt

* * *

I fade
into your vibes
we skate Fifth Ave.
on its frozen fear

(You can make suns rise
Incredible brain surf!

It happens!
Savage bubbles)

* * *

Breathe still
huddled dreams for softness
kitten bellies flow
ear to ear
where long hair lay

* * *

That's another
city dream on waking with
your gypsy eyes
uncombed with
your ankles raised
like flags

Ich verkling
in deiner Schwingung
wir gleiten die Fünfte entlang
auf ihren gefrorenen Ängsten

(Du kannst Sonnen aufgehen lassen
Unglaubliche Hirnfahrt!

Das passiert!
Wilde Blasen)

* * *

Atme ruhig
anschmiegsame Träume nach Weichheit
Kätzchenmägen flohn
Ohr zu Ohr
wo langes Haar lag

* * *

Wieder ein anderer
Stadttraum aufzuwachen mit
deinen Gipsy-Augen
ungekämmt mit
deinen Knöcheln gehißt
wie Fahnen

An Apple at Dawn

The orange in side walk

is shivering
is morning light
near the park a tree
opening up sparkling breakfasts

a couple of million

moving people moving along
into the grace of victories

in the air
a finger

in the water a face
your own
and others a french schoolgirl
for one humming on a bus

a breeze assembled

in your fist a voice rehearsing
in your lap because lately "you get"

(the wing lift mildly:
they're COLD AND ENDURING
your body is pumping:
it is filled with blood.

you don't really feel totally useless,

do you?

and you're occasionally aware.

. . . these stringy clouds look out Manhattan

your prince's sorrow

might be back again tomorrow.

Ein Apfel im Morgenlicht

Das Orange im Geh weg

ist fiebrig

ist Morgen licht
nah dem Park ein Baum
schlägt aus funkelnde Frühstücke

ein Paar Millionen

marschierender Leute marschieren vorbei
zur Grazie des Erfolges

in der Luft
ein Finger

im Wasser ein Gesicht
dein eigenes
und andere ein französisches Schulmädchen
zum einen summt im Bus

eine Brise gesammelt

in deiner Faust eine Stimme probt
in deinem Schoß weil letztlich „kriegst du's“

(den Flügel leicht heben:
sie sind KALT UND DAUERHAFT
dein Körper pumpt:
er ist gefüllt mit Blut.

du fühlst dich doch nicht wirklich total nutzlos,

oder?

und du hältst gelegentlich inne.

. . . diese streifigen Wolken paß auf Manhattan

deines Prinzen Sorgen

können schon zurück sein morgen.

Contents / *Inhalt*

Über den Autor

Lyrik, Musik, Basketball, die Talente von Jim Carroll sind zahlreich. Geboren und aufgewachsen in New York City besuchte er mit einem Stipendium die Trinity High School in Manhattan und war ein All-City Basketballstar. Sein erster Gedichtband *Living at the Movies* wurde 1973 veröffentlicht, als er gerade zweiundzwanzig Jahre alt war. Wirklich bekannt wurde er in den Vereinigten Staaten aber vor allem durch die Tagebücher seiner wilden Jugendjahre – *The Basketball Diaries* – die 1995 auch in Deutschland als Kinofilm zu sehen waren. Weitere Prosa und Gedichte wurden unter anderem in *Forced Entries* (1987) und *Fear of Dreaming: The Selected Poems of Jim Carroll* (1993) veröffentlicht. Als Sänger der Jim Carroll Band nahm er für Atlantic Records *Catholic Boy*, *Dry Dreams* und *I Write Your Name* auf Platte auf. Außerdem erschien bei Giant Records 1991 eine Sprechplatte mit dem Titel *Praying Mantis* und 1993 bei Rhino Records *A World Without Gravity: The Best of the Jim Carroll Band.*

Tropen Verlag
in Zusammenarbeit mit der
Kunstakademie Düsseldorf
Abteilung Typographie/Entwurf

Belichtung:
DTP-Zentrum, Düsseldorf

Druck:
Heinrich Winterscheidt GmbH, Düsseldorf

ISBN 3-932170-00-8